Les Femmes en Blanc

SUPERPIQUÉES

Dessin: Bercovici / Scénario: Cauvin

DUPUIS

D.1987/0089/109 — R.8/2005.
ISBN 2-8001-1517-3 — ISSN 0771-9124

Imprimé en Belgique.
www.dupuis.com

Travail à domicile

ALORS LÀ, TU EXAGÈRES! IL Y A QUATRE JOURS C'ÉTAIT UNE OREILLE! LA SEMAINE PASSÉE DIX CENTIMÈTRES D'INTESTIN GRÊLE! HIER UN PIED...
IL FAUT BIEN QUE JE CONNAISSE LE CORPS HUMAIN À LA PERFECTION SI JE VEUX DEVENIR INFIRMIÈRE!
EUH... BON! DÉBARRASSE LA TABLE ET METS-TOI AU TRAVAIL DE SUITE! PLUS TÔT CE SERA FINI, MIEUX ÇA VAUDRA!
OUI MAMAN
JE ME DEMANDE PARFOIS SI NOUS N'AURIONS PAS MIEUX FAIT DE LA POUSSER VERS L'ARCHITECTURE OU LE DROIT. C'EST QUAND MÊME PLUS PROPRE...
EUH... RHMH... ÇA VA MIEUX?
J'EN PEUX PLUS, GERMAINE! JE N'EN PEUX PLUS! JE SENS QUE JE VAIS CRAQUER!
TU NE VOUDRAIS PAS QU'ELLE RATE SES EXAMENS, TOUT DE MÊME! SURTOUT EN DERNIÈRE ANNÉE!
TU DEVRAIS L'AIDER, AU CONTRAIRE! OU ALORS, FAIS COMME SI DE RIEN N'ÉTAIT! SOIS DUR AVEC TOI-MÊME!
J'AI ESSAYÉ... MAIS QUAND J'AI ENLEVÉ LE PAPIER ET QUE J'AI VU CET ŒIL QUI ME REGARDAIT BÊTEMENT À TRAVERS LE BOCAL...
JE T'EN SUPPLIE, MON CHÉRI! FAIS UN EFFORT! C'EST SA DERNIÈRE ANNÉE!
EUH OUI... TU AS RAISON
C'EST ÇA, VAS-Y! TU VERRAS, CE N'EST PAS SI DIFFICILE QUE ÇA!
ÇA VA MIEUX, PAPA?
OUI! EUH... J'AI AVALÉ DE TRAVERS! À PRÉSENT ÇA VA!

NATHALIE ! TON ŒIL ! IL A BOUGÉ !
HIHI ! C'EST NORMAL, PAPA CHÉRI ! C'EST PARCE QU'IL NAGE DANS LE FORMOL !
AH ?! AH BON !!
DIS, NATHALIE ! LA T.V. NE TE DÉRANGE PAS ?
NON ! MAIS METS-LA EN SOURDINE !
OUAIS ! BIEN SÛR ! BIEN SÛR !

OUF! ÇA Y EST, J'AI FINI! JE VAIS PORTER LE BOCAL CHEZ JENNY!
RHÂÂÂ... IL ÉTAIT TEMPS... JE N'EN POUVAIS PLUS! J'ALLAIS CRAQUER!...
J'AI TENU LE COUP, CHÉRIE? J'AI TENU LE COUP?
CHÉRIE? ...
AAAAAAAAH!!
ASSEZ! ASSEZ!
CHÉRI! NOOON!
MAMAN! QU'EST-CE QU'IL CHERCHE DEHORS DANS LE JARDIN, PAPA?!
MON DENTIER! JE L'AVAIS MIS DANS D'UN VERRE POUR LE NETTOYER! ET IL L'A BALANCÉ PAR LA FENÊTRE!
SGNIF
J'AI CRAQUÉ! J'AI CRAQUÉ!
SNIF SNF
4
BERCOVICI CAUVIN XXIII

Rééducation

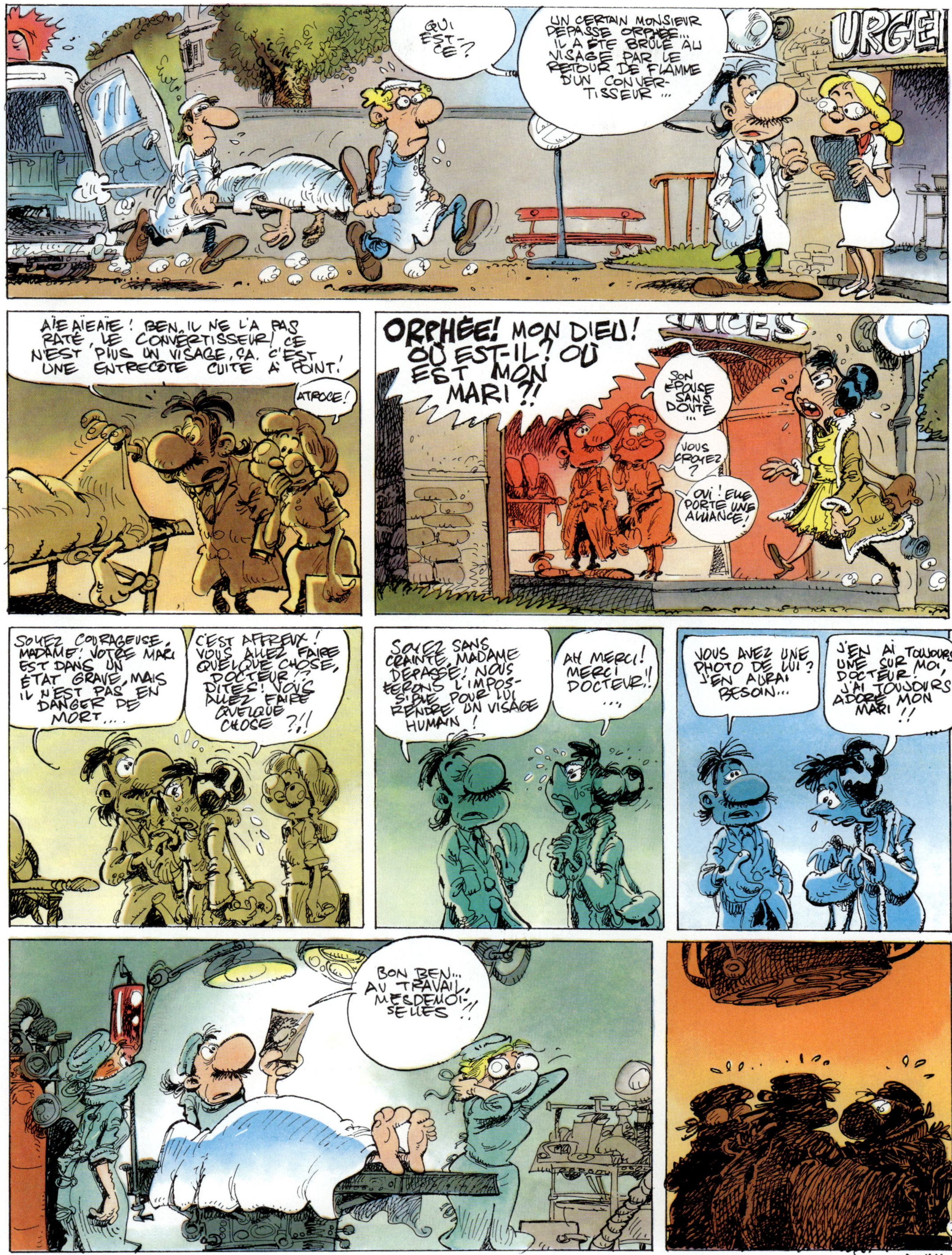

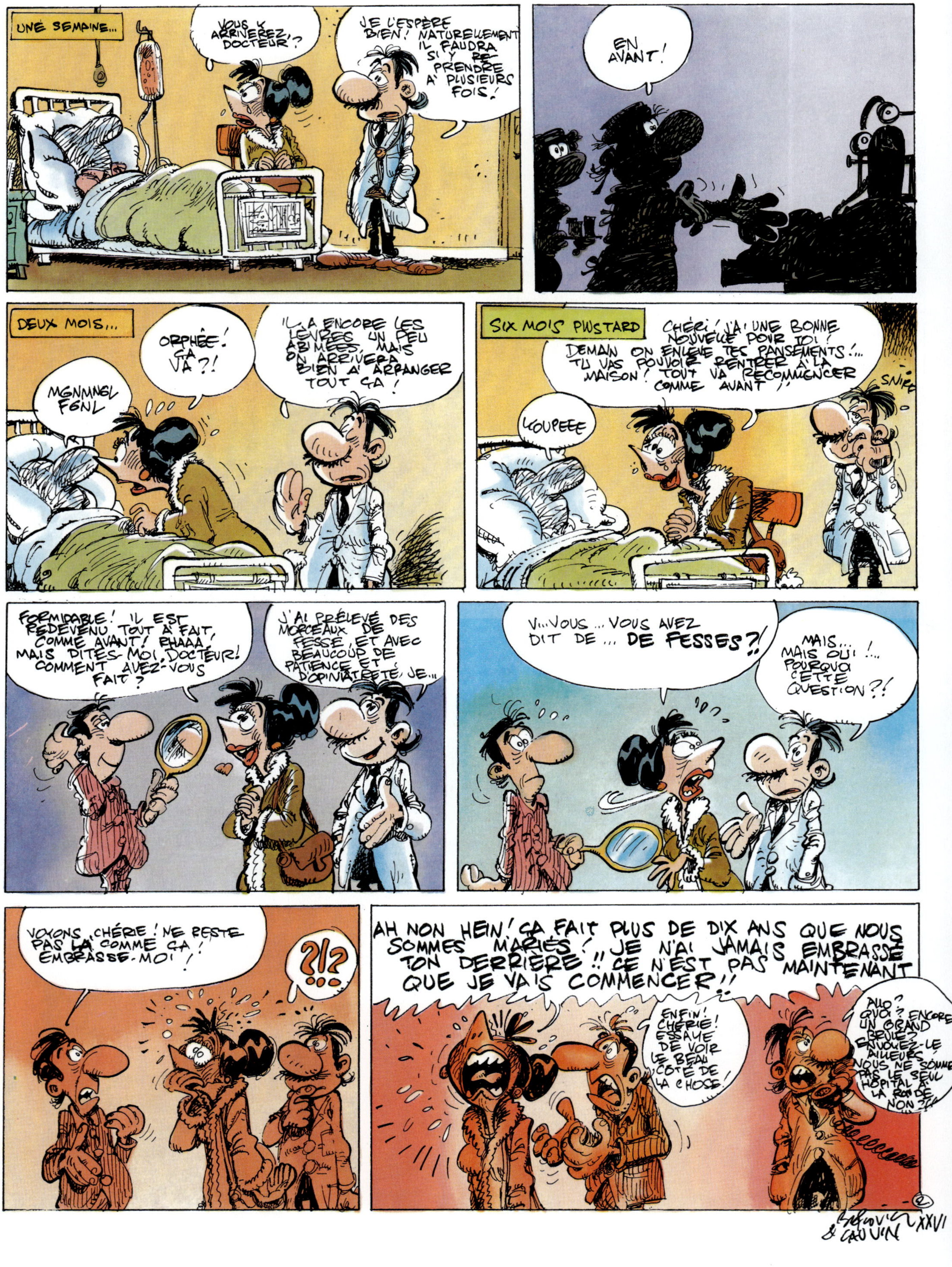
UNE SEMAINE...
VOUS Y ARRIVEREZ, DOCTEUR ?
JE L'ESPÈRE BIEN ! NATURELLEMENT IL FAUDRA S'Y REPRENDRE À PLUSIEURS FOIS !
EN AVANT !
DEUX MOIS...
MGNMNGL FGNL
ORPHÉE ! ÇA VA ?!
IL A ENCORE LES LÈVRES UN PEU ABÎMÉES, MAIS ON ARRIVERA BIEN À ARRANGER TOUT ÇA !
SIX MOIS PLUS TARD
CHÉRI ! J'AI UNE BONNE NOUVELLE POUR TOI ! DEMAIN ON ENLÈVE TES PANSEMENTS !... TU VAS POUVOIR RENTRER À LA MAISON ! TOUT VA RECOMMENCER COMME AVANT !
LOUPEEE
SNIFF
FORMIDABLE ! IL EST REDEVENU TOUT À FAIT COMME AVANT ! EHAAA ! MAIS DITES-MOI, DOCTEUR ! COMMENT AVEZ-VOUS FAIT ?
J'AI PRÉLEVÉ DES MORCEAUX DE FESSE ET AVEC BEAUCOUP DE PATIENCE ET D'OPINIÂTRETÉ, JE...
V... VOUS... VOUS AVEZ DIT DE... DE FESSES ?!
MAIS... MAIS OUI !... POURQUOI CETTE QUESTION ?!
VOYONS, CHÉRIE ! NE RESTE PAS LÀ COMME ÇA ! EMBRASSE-MOI !
?!?
AH NON HEIN ! ÇA FAIT PLUS DE DIX ANS QUE NOUS SOMMES MARIÉS ! JE N'AI JAMAIS EMBRASSÉ TON DERRIÈRE !! CE N'EST PAS MAINTENANT QUE JE VAIS COMMENCER !!
ENFIN ! CHÉRIE ! ESSAIE DE VOIR LE BEAU CÔTÉ DE LA CHOSE !
ALLO ? QUOI ? ENCORE UN GRAND BRÛLÉ ? ENVOYEZ-LE AILLEURS ! NOUS NE SOMMES PAS LE SEUL HÔPITAL À LA RONDE, NON ?!

Sur le tas!

KROUÉÉÉT
COUTEAU...
PLAF
MERCI
DITES...
CHHHHT!
SKRR SKRRR KRR.
MAIS JE!....
CHHHT! J'AI DIT!
ÇA Y EST!
LÀ! VOUS VOYEZ!
C'EST QUE JE SUIS PRESSÉE...
VOILÀ VOILÀ!!
DIX-SEPT FRANCS CINQUANTE!
MA FILLE VA PASSER SON EXAMEN D'ENTRÉE EN CHIRURGIE DANS UNE SEMAINE! ALORS VOUS COMPRENEZ! FAUT QU'ELLE S'ENTRAINE!...
J'AURAIS DÛ M'EN DOUTER! ...
AU SUIVANT!..
UNE CÔTE DE PORC SVP...
MARIE! UNE CÔTE DE PORC!!
OUI, PAPA!
KROUUÉÉT
BERCK CAUVIN

Dur à avaler

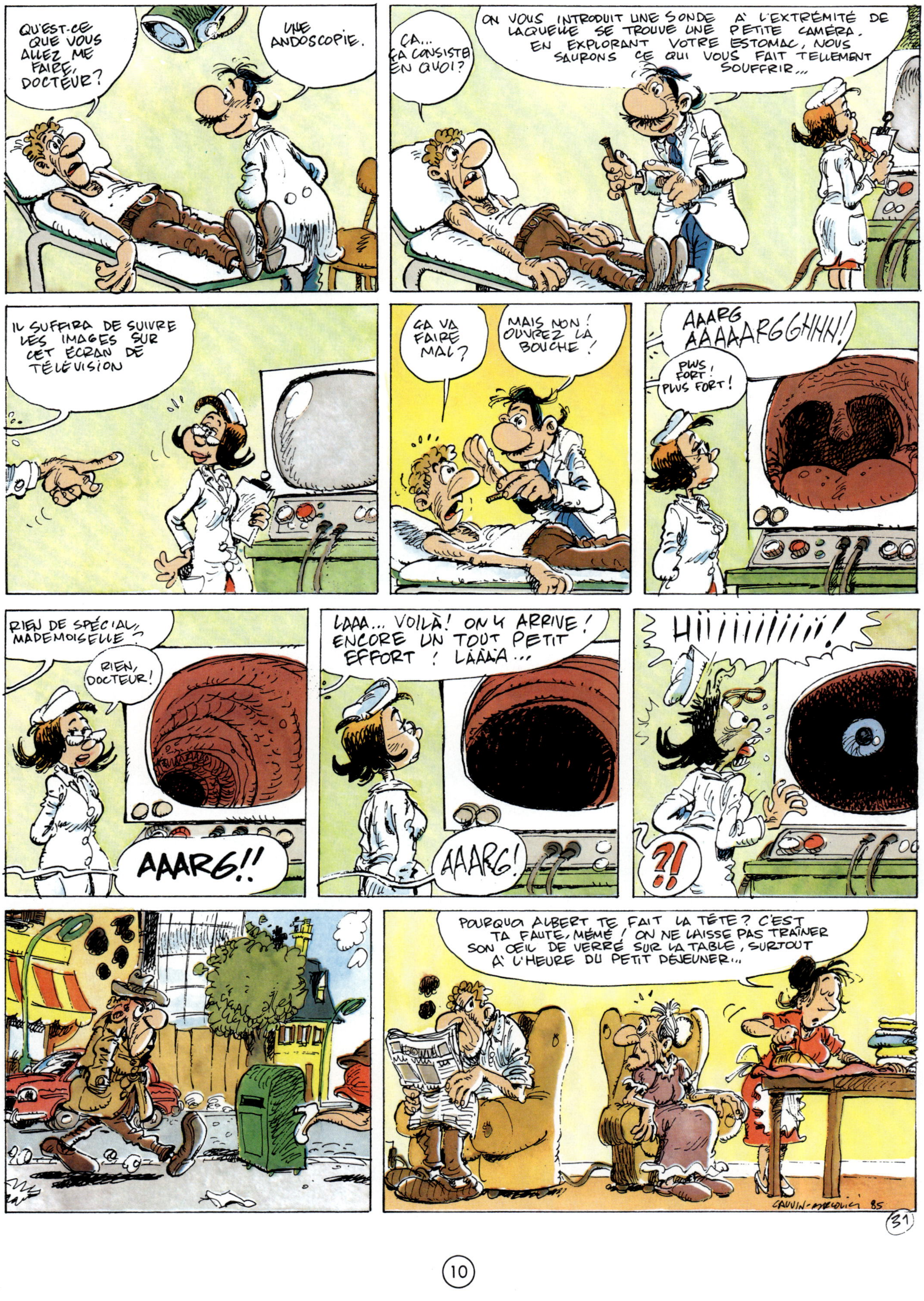
QU'EST-CE QUE VOUS ALLEZ ME FAIRE, DOCTEUR?
UNE ANDOSCOPIE.
ÇA... ÇA CONSISTE EN QUOI?
ON VOUS INTRODUIT UNE SONDE À L'EXTRÉMITÉ DE LAQUELLE SE TROUVE UNE PETITE CAMÉRA. EN EXPLORANT VOTRE ESTOMAC, NOUS SAURONS CE QUI VOUS FAIT TELLEMENT SOUFFRIR...
IL SUFFIRA DE SUIVRE LES IMAGES SUR CET ÉCRAN DE TÉLÉVISION
ÇA VA FAIRE MAL?
MAIS NON! OUVREZ LA BOUCHE!
AAARG AAAAARGGHHH!
PLUS FORT! PLUS FORT!
RIEN DE SPÉCIAL, MADEMOISELLE?
RIEN, DOCTEUR!
AAARG!!
LÀAA... VOILÀ! ON Y ARRIVE! ENCORE UN TOUT PETIT EFFORT! LÀÀÀA...
AAARG!
HIIIIIIIIIIII!
?!
POURQUOI ALBERT TE FAIT LA TÊTE? C'EST TA FAUTE, MÉMÉ! ON NE LAISSE PAS TRAÎNER SON ŒIL DE VERRE SUR LA TABLE, SURTOUT À L'HEURE DU PETIT DÉJEUNER...
31

Le progrès en marche

VERT ! ON PEUT COMMENCER !
PIIIP PIIIP
QU'EST-CE QU'ELLE FAIT ?
ELLE DONNE LES INDICATIONS À L'ORDINATEUR
DANS LE CAS PRÉSENT, IL S'AGIT D'UN PATIENT VENU SE FAIRE SOIGNER CHEZ NOUS POUR DES PIERRES À LA VÉSICULE ...
À PRÉSENT, ADMIREZ LE TRAVAIL !
CLIK
KEUKEU CLICK
CLIK
POP
TUT
CLIC CLIC
BEEP
SWEET
TIC TIC TIC
BEEEEP
POP
TIC
TIC
TIC
BBZZZZ
PRRRT PRRPT
ET VOILÀ !
BRAVO BRAVO !!
CLAP ! CLAP CLAP
ET MAINTENANT, VOICI UN PATIENT VENU SE FAIRE SOIGNER POUR UN REDRESSEMENT DE LA CLOISON NASALE ...

POP
WOOOOOOO
CLIK CLIK
TIC TIC TIC TIC
BOOOOO
BLUB
CHAKATCHA KATCHA
BEEEP BEEEP
HONK HONK
TUT
AH! BRAVO! BRAVO! OH! OUI! BRAVO!!
UN CAS D'HEMORROIDES!
HMMMM
UNE ENTORSE!
MERVEILLEUX!
UNE AMPUTATION DES JAMBES!
BRAVO! BRAVO!!
PLACEMENT D'UN COEUR ARTIFICIEL!
ÇA ALORS!
QUEL PRODIGE!
ET ENFIN, LE PLOMBAGE D'UNE MOLAIRE, OPÉRATION BÉNIGNE EN QUELQUE SORTE ...
?!
CLAK
3

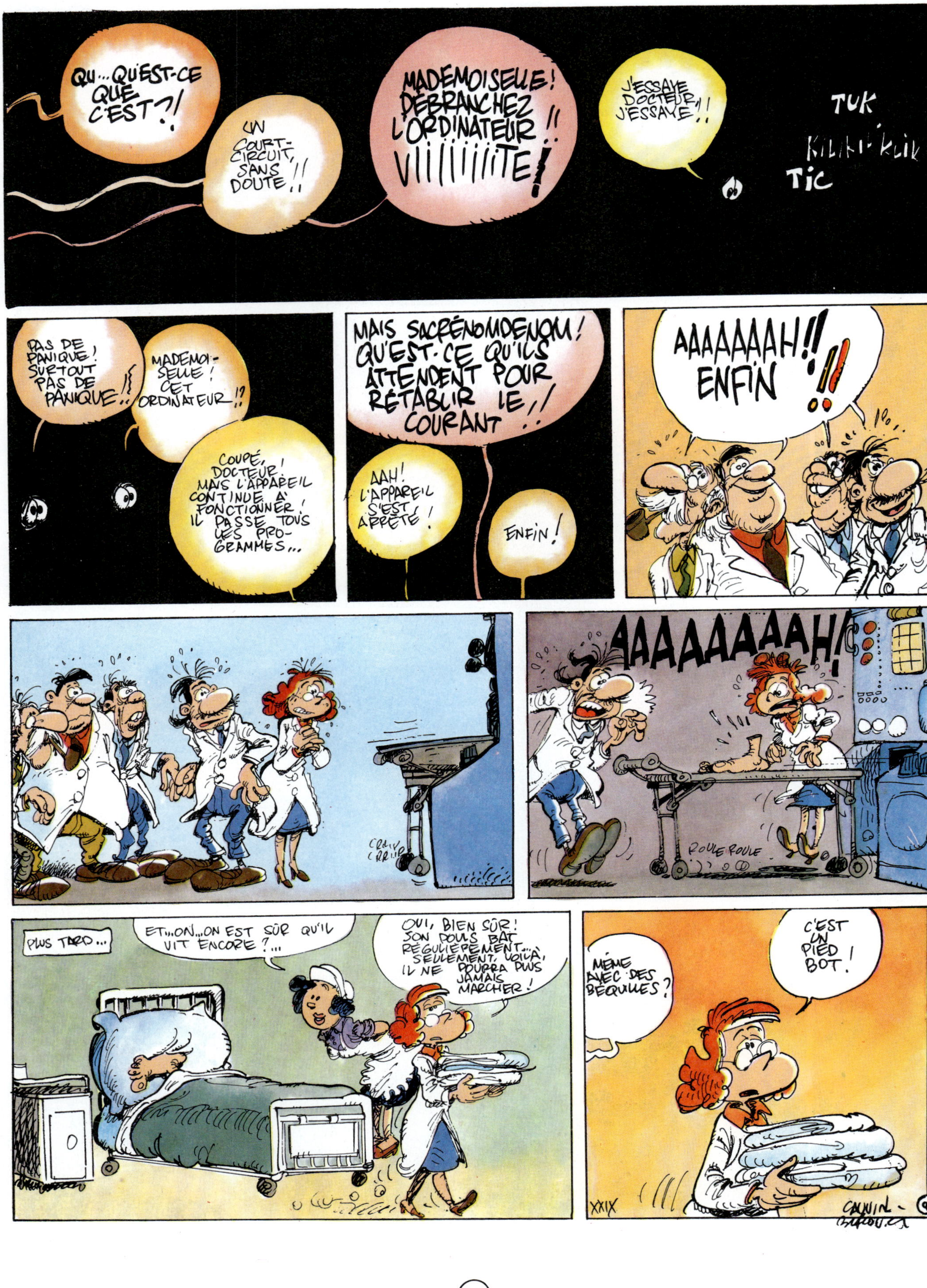
QU... QU'EST-CE QUE C'EST ?!
UN COURT-CIRCUIT, SANS DOUTE !!
MADEMOISELLE ! DÉBRANCHEZ L'ORDINATEUR !! VIIIIIIIITE !
J'ESSAYE DOCTEUR, J'ESSAYE !!
TUK
KLIK KLIK KLIK
TIC
PAS DE PANIQUE ! SURTOUT PAS DE PANIQUE !!
MADEMOISELLE ! CET ORDINATEUR !?
COUPÉ, DOCTEUR ! MAIS L'APPAREIL CONTINUE À FONCTIONNER ! IL PASSE TOUS LES PROGRAMMES...
MAIS SACRÉNOMDENOM ! QU'EST-CE QU'ILS ATTENDENT POUR RÉTABLIR LE COURANT !!
AAH ! L'APPAREIL S'EST ARRÊTÉ !
ENFIN !
AAAAAAAH !! ENFIN !!
AAAAAAAAH !
ROULE ROULE
PLUS TARD...
ET... ON... ON EST SÛR QU'IL VIT ENCORE ?...
OUI, BIEN SÛR ! SON POULS BAT RÉGULIÈREMENT... SEULEMENT, VOILÀ, IL NE POURRA PLUS JAMAIS MARCHER !
MÊME AVEC DES BÉQUILLES ?
C'EST UN PIED BOT !
XXIX

Merci, public adoré

ALORS, C'EST FINI... JE NE POURRAI PLUS JAMAIS JOUER...
ALLONS! PAS DE PANIQUE! LA CHIRURGIE A FORT ÉVOLUÉ, VOUS SAVEZ! DANS LE DOMAINE DES GREFFES, ON ACCOMPLIT DES MIRACLES!
... L'IMPORTANT POUR L'INSTANT C'EST DE TROUVER DES DOIGTS! VOUS AVEZ DES AMIS..? DES ADMIRATEURS?
EUH, OUI...
ANNE!... FAITES PASSER UNE ANNONCE À LA RADIO, À LA TÉLÉVISION ET DANS LES JOURNAUX... ON FINIRA BIEN PAR TROUVER QUELQUES DONNEURS...
BIEN, DOCTEUR!
IL Y EN A QUI N'HÉSITERAIENT PAS À SE COUPER EN QUATRE POUR RENDRE SERVICE À LEURS IDOLES! EN CE QUI VOUS CONCERNE, ON NE LEUR EN DEMANDE PAS TANT! JUSTE UN DOIGT... CE N'EST PAS LA MER À BOIRE, PAS VRAI?...
UNE SEMAINE PLUS TARD...
ALORS, DOCTEUR?...
MAGNIFIQUE... FORMIDABLE!.. ÇA A DÉPASSÉ TOUTES NOS ESPÉRANCES! AH! ON PEUT DIRE QUE VOUS ÊTES APPRÉCIÉ DU PUBLIC, VOUS!
VOUS... VOUS EN AVEZ REÇU COMBIEN?
DEVINEZ!
BEN...
ALLEZ! ALLEZ!
VINGT-SEPT!
N...NOOOON...
HAHAHA! VOUS AVEZ LE CHOIX!...
LE CHOIX? PAS QUESTION! VOUS RISQUERIEZ DE FROISSER UN DONNEUR...
APRÈS CE QU'ILS ONT FAIT POUR VOUS... ÇA NE SERAIT PAS GENTIL...
JE NE VEUX PAS FAIRE DE JALOUX! ON VA VOUS LES GREFFER TOUS!
SUIVEZ-MOI!

MAIS... MAIS!... IL Y EN A DES NOIRS, DES JAUNES, DES ROUGES, DES BLEUS...
C'EST BIEN LA PREUVE QUE VOUS ÊTES APPRÉCIÉ PARTOUT DANS LE MONDE!
NE BOUGEZ PAS, S.V.P.!
VOUS N'ÊTES PAS RACISTE, J'ESPÈRE!?
ET VOILÀ! QU'EST-CE QUE VOUS DITES DE CELA?
BEN...
COMMENT VAIS-JE POUVOIR JOUER DU PIANO AVEC AUTANT DE DOIGTS? JE VOUS LE DEMANDE?
PLIEZ CEUX DONT VOUS N'AUREZ PAS BESOIN!
VOUS ENTREZ DANS CET HÔPITAL SANS DOIGTS, VOUS EN RESSORTEZ AVEC UNE BOTTE AU BOUT DE CHAQUE BRAS, ET VOUS N'ÊTES PAS ENCORE CONTENT!
FAUDRAIT SAVOIR CE QUE VOUS VOULEZ À LA FIN!
DEUX MOIS ONT PASSÉ...
ANNE! NOUS SOMMES INVITÉS TOUS LES DEUX À UN CONCERT CE SOIR! ET DEVINEZ PAR QUI?
LE... LE MAESTRO FILIPPO VERCCI?!
EXACT!
IL... IL S'EST REMIS À JOUER DU PIANO?
NOOON! IL A COMPLÈTEMENT ABANDONNÉ!...
IL EST PASSÉ À L'ACCORDÉON!
UN VRAI VIRTUOSE, À CE QU'ON M'A DIT!
CROYEZ-MOI MA PETITE ANNE! IL EST À DEUX DOIGTS DE LA RÉUSSITE!
3

Le geste qui sauve

Thérapie de choc

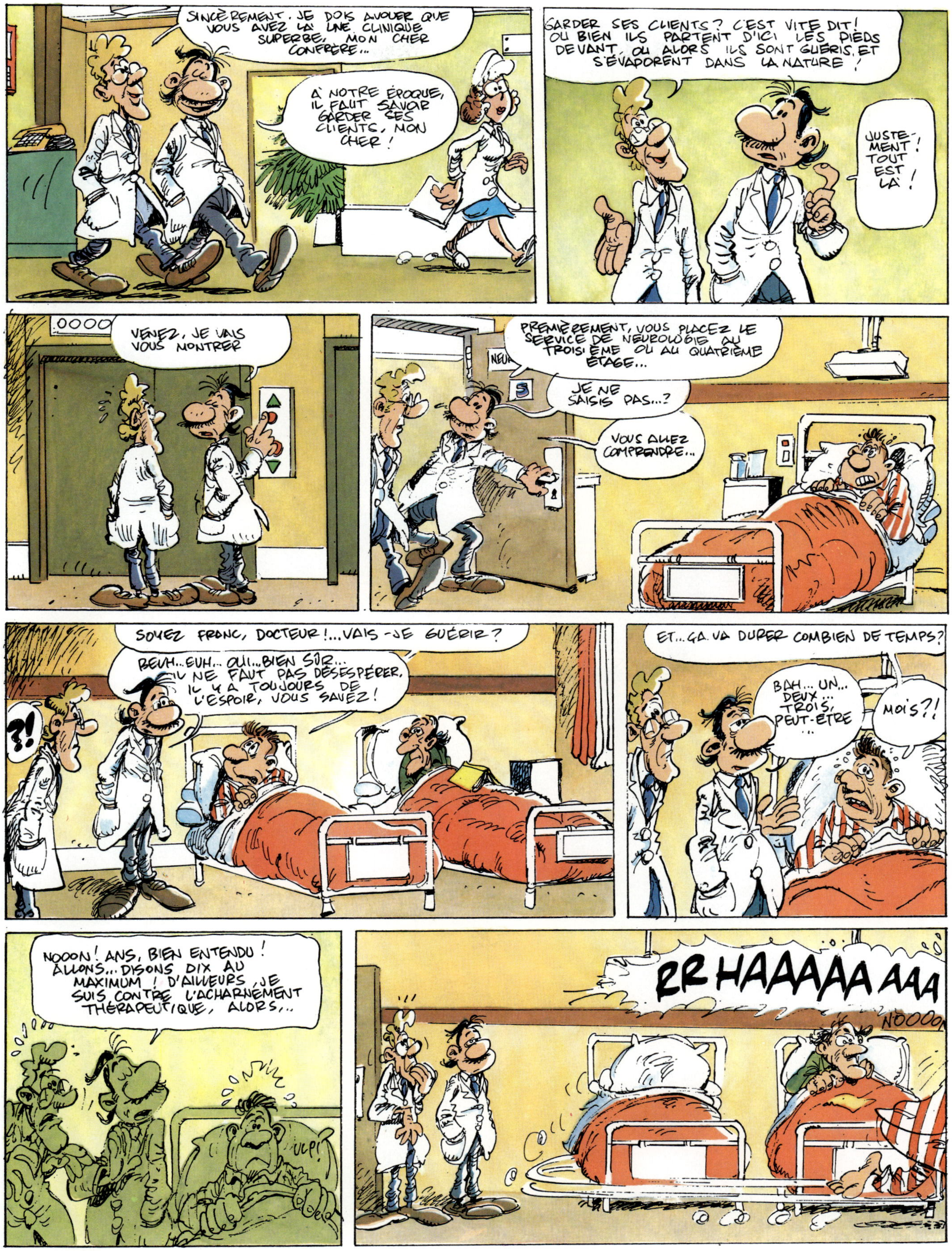

HAAAAAAAA
BLAF
MAIS ! MAIS ! IL A SAUTÉ PAR LA FENÊTRE ! !
BIEN SÛR ! ÇA FAIT PARTIE DU PROGRAMME ...
PEU APRÈS,
ALORS ?
D'APRÈS LES RADIOS, IL AURAIT DEUX CÔTES CASSÉES, UNE FRACTURE DU CRÂNE, UNE FRACTURE OUVERTE À LA JAMBE GAUCHE ET UNE FOULURE DE LA MAIN DROITE, DOCTEUR.
PARFAIT !
MAIS... C'EST ABOMINABLE !
AU CONTRAIRE ! MAINTENANT, IL NE PENSE PLUS QU'À SES FRACTURES... PLUS À SA DÉPRESSION NERVEUSE !
EN UN MOT, IL A OUBLIÉ SES PROBLÈMES !
LA PREUVE !
ÇA VA ?
OUI ! JE L'AI ÉCHAPPÉ BELLE, HEIN, DOCTEUR ?
AÏE !
ET UN DE CES JOURS, IL NOUS QUITTERA, GAI ET DÉTENDU, COMME CELUI-CI ! IL Y A SIX MOIS, IL S'EST JETÉ PAR LA FENÊTRE, ET REGARDEZ-LE, MAINTENANT : IL EST PARFAITEMENT GUÉRI !
INCROYABLE !
ET COMME LUI, PEU DE TEMPS APRÈS SA SORTIE, IL REVIENDRA NOUS VOIR, NOUS LE REMETTRONS ALORS EN NEUROLOGIE POUR SOIGNER SA DÉPRESSION NERVEUSE ! IL RESSAUTERA PAR LA FENÊTRE, ET...
MAIS !? QU'EST-CE QUI VOUS FAIT CROIRE QU'IL AURA UNE AUTRE DÉPRESSION NERVEUSE ?
QUAND IL RECEVRA LA FACTURE !
2
MALCOVICI CAUVIN 85

Le vieux de la vieille

...LE SORCIER ROGNON-DE-BISON SE CONCENTRE, TANDIS QUE SON ASSISTANT ALLONGE LE SOUFFRANT SUR LA TABLE D'OPÉRATION...
ÇA Y EST ! IL SE LÈVE ! IL S'EST LEVÉ !
WAUGHKAA WAUGGHAA POK...
QU'EST-CE QU'IL DIT ?
CHHT !
WAUGHAA WAUGHAAA WAUGHÂÂÂÂA
OOOH ! IL S'EST ARRÊTÉ ! IL SE PENCHE À L'OREILLE DU PATIENT !...
IL LUI PARLE ! NOUS IGNORONS CE QU'IL LUI DIT, MAIS LE MALADE A L'AIR PÉTRIFIÉ... HYPNOTISÉ...
!?
IL VIENT DE LUI SAUTER DESSUS ! AAH, CHERS AUDITEURS, POUR UN PEU ON SE CROIRAIT REVENUS AU TEMPS DE LA CHASSE AU BISON...

IL LUI OUVRE LE VENTRE AVEC UNE DENT DE CASTOR! QUELLE DEXTÉRITÉ!! IL N'A RIEN À ENVIER AUX PLUS GRANDS CHIRURGIENS DE CHEZ NOUS...
À PRÉSENT, IL RECOUD AVEC DU CHANVRE ET DES ARÊTES DE POISSON...
ENFIN, IL CAUTÉRISE LE TOUT AVEC DE LA POIX! FORMIDABLE! SENSATIONNEL! INCROYABLE!
PFSHHHHHHHH
BRAVO! CLAP CLAP CLAP
BRAVO! CLAP CLAP CLAP CLAP
FSSHHHH
ET LE VOILÀ QUI REPART AVEC SON ASSISTANT, CALME ET DIGNE! ON SE DEMANDE COMMENT, AVEC DES MOYENS AUSSI RUDIMENTAIRES, IL EST ARRIVÉ À SOIGNER CE PATIENT SANS LUI ARRACHER UNE PLAINTE!
D'AILLEURS, LE VOILÀ, JUSTEMENT QUI SE RÉVEILLE! S'IL VOUS PLAÎT, DITES À NOS AUDITEURS, QUAND IL S'EST PENCHÉ À VOTRE OREILLE, JUSTE AVANT L'OPÉRATION...
...QU'EST-CE QU'IL VOUS A DIT TOUT BAS?
IL... IL M'A DIT...
...BOUGE SEULEMENT UN DOIGT DE PIED, POUSSE SEULEMENT LE MOINDRE CRI, ET JE T'ÉCRASE MON TOMAHAWK SUR LE COIN DE LA
COUPEZ! COUPEZ!

Triste solitude

Un doigt seulement

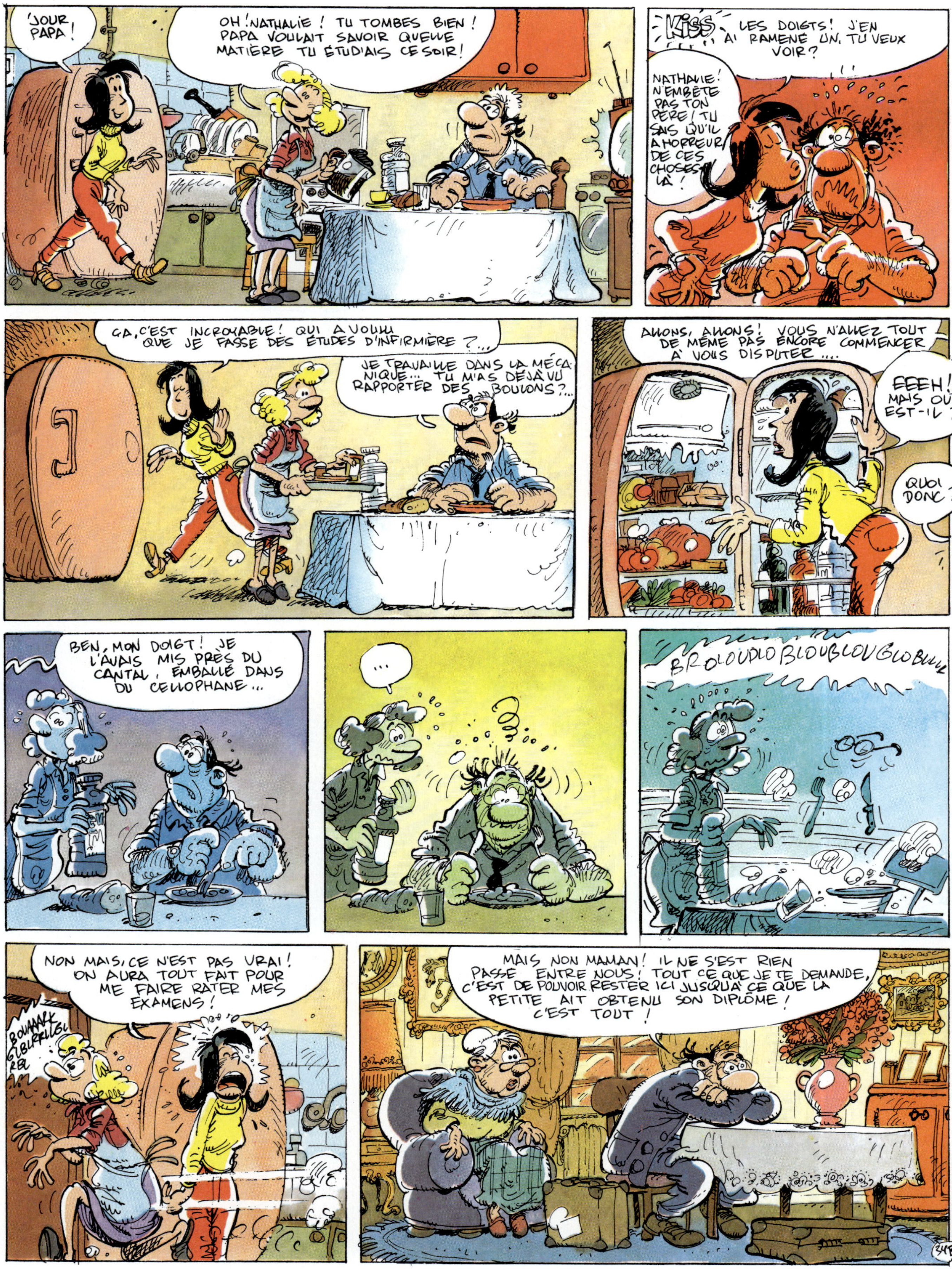
'JOUR PAPA!
OH! NATHALIE! TU TOMBES BIEN! PAPA VOULAIT SAVOIR QUELLE MATIÈRE TU ÉTUDIAIS CE SOIR!
KISS
LES DOIGTS! J'EN AI RAMENÉ UN, TU VEUX VOIR?
NATHALIE! N'EMBÊTE PAS TON PÈRE! TU SAIS QU'IL A HORREUR DE CES CHOSES-LÀ!
ÇA, C'EST INCROYABLE! QUI A VOULU QUE JE FASSE DES ÉTUDES D'INFIRMIÈRE?...
JE TRAVAILLE DANS LA MÉCANIQUE... TU M'AS DÉJÀ VU RAPPORTER DES BOULONS?...
ALLONS, ALLONS! VOUS N'ALLEZ TOUT DE MÊME PAS ENCORE COMMENCER À VOUS DISPUTER...
EEEH! MAIS OÙ EST-IL?!
QUOI DONC?
BEN, MON DOIGT! JE L'AVAIS MIS PRÈS DU CANTAL, EMBALLÉ DANS DU CELLOPHANE...
...
BROLOUDLO BLOUBLOUGLOBULL
NON MAIS, CE N'EST PAS VRAI! ON AURA TOUT FAIT POUR ME FAIRE RATER MES EXAMENS!
BOUAAARK GLBLRRLGL RBL
MAIS NON MAMAN! IL NE S'EST RIEN PASSÉ ENTRE NOUS! TOUT CE QUE JE TE DEMANDE, C'EST DE POUVOIR RESTER ICI JUSQU'À CE QUE LA PETITE AIT OBTENU SON DIPLÔME! C'EST TOUT!
348

Tout faux...

...ALORS ELLE ME DIT "JENNY, TU AS LES YEUX CERNÉS"...
SI! ET MOI JE LUI AI RÉPONDU: "J'AI PEUT-ÊTRE DES CERNES EN DESSOUS DES YEUX, MAIS MOI JE N'AI PAS UN OEIL FIXÉ SUR MON PIED GAUCHE PENDANT QUE L'AUTRE ATTEND DE VOIR PASSER LA COMÈTE DE HALLEY!"
NOOON!?
URGENCE!
AÏE AÏE AÏE! DANS QUELLE CHAMBRE ÉTAIT-IL DÉJÀ, CELUI-LÀ?
JE NE SAIS PLUS! METS-LE DANS LA VINGT-HUIT! ON VERRA PLUS TARD!
ÇA Y EST!
MARYLÈNE, ON S'EST TROMPÉES DE CHAMBRE! IL ÉTAIT DANS CELLE-CI ET LUI AURAIT DÛ ÊTRE DANS L'AUTRE!
OH! QU'EST-CE QU'ON FAIT?
RIEN! VA LUI PORTER SES VÊTEMENTS, C'EST TOUT! APRÈS TOUT, ICI OU À CÔTÉ, C'EST LA MÊME CHOSE!
SA TENSION BAISSE ENCORE, DOCTEUR! IL N'A PLUS QUE QUATRE!
C'EST TERMINÉ, DOCTEUR!
NOUS AURONS TENTÉ L'IMPOSSIBLE!...
JULIETTE, FAITES LE NÉCESSAIRE!
BIEN, DOCTEUR!

?!
MADAME ! OÙ ALLEZ-VOUS ?
JE VIENS RENDRE VISITE À MON MARI !
IL...
VOTRE MARI ! ....
TSK TSK ....
NN... NOON ! CE N'EST PAS VRAI !
BEN SI !
MAIS C'EST IMPOSSIBLE. HIER ENCORE...
...IL RESPIRAIT ENCORE ! IL Y A CINQ MINUTES AUSSI ! ET PUIS PAF ! C'EST AFFREUX, MAIS C'EST TOUJOURS COMME ÇA !
JE PEUX LE VOIR ! DITES ? UNE DERNIÈRE FOIS...
JE VOUS LE DÉCONSEILLE ! IL N'EST PAS BEAU À VOIR ! IL EST RECOUVERT DE TUYAUX... DANS LE NEZ, LA BOUCHE, LES OREILLES ET J'EN PASSE...
GARDEZ DE LUI UN BON SOUVENIR ! C'EST UN BON CONSEIL QUE JE VOUS DONNE !
SORTIE
DIEGO ! MORT ! INCROYABLE ! IL ÉTAIT PARTI POUR UNE APPENDICITE !
ILS ONT SANS DOUTE DÉCOUVERT AUTRE CHOSE...
L'ENTERREMENT A LIEU VENDREDI !
CIEL ! JE N'AI RIEN DE NOIR À ME METTRE !
ENCORE LA VINGT-HUIT ! ÇA FAIT AU MOINS LA DIXIÈME FOIS QU'IL SONNE !
BZZZZZ BZZZZZ

QUI EST-CE, AU JUSTE ?
D'APRÈS LES PAPIERS QUI SE TROUVAIENT DANS SA VESTE, IL S'AGIRAIT D'UN CLOCHARD... SANS FAMILLE...
C'EST TRISTE, D'ÊTRE SEUL AU MONDE ! JE VAIS LUI DONNER UN PEU DE RÉCONFORT !
TOI ET TON BON COEUR !
...'JOUR !
VOUS N'AVEZ PAS VU MA FEMME ?
NON !
MAMAN ? PAPA ? MON FRÈRE ? UN COUSIN ? MA BELLE-SOEUR ?
RIEN !
DEPUIS DES ANNÉES QUE VOUS VIVEZ SOUS LES PONTS, IL EST NORMAL QUE VOTRE FAMILLE VOUS AIT PERDU DE VUE !
SOUS LES PONTS ! MOI ! ?!
MONSIEUR ARNAUD RENTIER, SANS PROFESSION NI DOMICILE CONNU, ÇA VOUS DIT QUELQUE CHOSE ?
ABSOLUMENT PAS ! MOI JE SUIS DIEGO COUTURIER, CRÉATEUR DE MODE DANS UN JOURNAL POUR DAMES !
HIHIHI ! VOUS ME FAITES MARCHER ! AVOUEZ !
MAIS NON ! VOUS POUVEZ VÉRIFIER ! REGARDEZ MES PAPIERS !
ILS SONT DANS VOTRE VESTE ?
ÇA ?! CE N'EST PAS MA VESTE ?!!
?!?!
46 (3)

NON ! CE N'EST PAS POSSIBLE ! QUI ÉTAIT DE SERVICE CE MATIN-LÀ ?
ON VA SAVOIR ÇA TOUT DE SUITE !
MESDEMOISELLES JENNY ET MARYLÈNE AU QUARTIER DES INFIRMIÈRES S.V.P !
?
?
COMMENT ÇA, VOUS VOUS ÊTES BÊTEMENT TROMPÉES DE VESTE ?
NOUS ÉTIONS UN PEU AFFOLÉES, C'EST TOUT !
J'EN CONNAIS UN QUI VA AUSSI ÊTRE AFFOLÉ DANS QUELQUES INSTANTS QUAND VOUS LUI AUREZ ANNONCÉ QUE ....
VOUS... VOUS N'ALLEZ PAS NOUS FAIRE ÇA ?!
SI !
PRÉPAREZ LA SALLE N°1 DE RÉANIMATION ! JE CROIS QU'IL VA Y AVOIR UN CAS D'URGENCE !
GASP! GASP!
BIEN, DOCTEUR !
EUH... AHEM... MONSIEUR COUTURIER...
EUH OUI ?
ON A UNE TRÈS MAUVAISE NOUVELLE POUR VOUS...
AH ?... AH BON ?!
ON... ON VOUS A ENTERRÉ IL Y A HUIT JOURS ! HIHIHI ! - GLOUPS !
UNE STUPIDE PETITE ERREUR DANS DES PAPIERS...
SALLE N°1 VITE !
AAAAHHHA
CE N'EST PLUS LA PEINE !
Z'ÉTIEZ DE LA FAMILLE ?
EUH, À VRAI DIRE, NON... MAIS MAINTENANT, UN PEU ! ON A PERDU NOTRE BOULOT !
...ET SI ON N'EN RETROUVE PAS UN AUTRE DANS LES JOURS À VENIR, ON N'AURA PLUS QU'À ALLER SE LOGER SOUS LES PONTS !
ARNAUD RENTIER CLOCHARD
HARDY
CAUVIN 86.

C'est pour la vie!

AÏE AÏE AÏE! QU'EST-CE QUE JE VAIS ENCORE DÉCOUVRIR? VOYONS VOYONS... LA DERNIÈRE FOIS, QU'EST-CE QUE C'ÉTAIT ENCORE?
AH OUI! UN INTESTIN GRÊLE!
ET À PRÉSENT?
J'AI PEUR DE SAVOIR!
CLINK CLINK
TOC TOC
VOYONS, OCTAVE! DU COURAGE!
SURTOUT NE PAS T'ÉVANOUIR!
NATHAALIIIE!...
AÏE! PAPA!
UN INSTANT, PAPA!
VITE! SAUVE-TOI!
VITE! VIIIITE!
ET MEEEEE
OH NOOOON!!
NATHALIIIIE!!
VOILÀ VOILÀ, PAPA!
SURTOUT NE BOUGE PAS! TIENS-TOI LE PLUS RAIDE POSSIBLE! LES YEUX GRANDS OUVERTS!... J'ESPÈRE QU'IL N'Y VERRA QUE DU FEU!...
M...MOI AUSSI...
HÉ BIEN!... QU'EST-CE QUI SE PASSE? TU EN AS MIS DU TEMPS POUR OUVRIR LA PORTE...
EUH... EXCUSE-MOI, PAPA! TU SAIS BIEN... LE TRAVAIL ....
JE T'AI APPORTÉ UN PEU DE CAFÉ!

EUH... AHEM... QU'EST-CE QUE TU DOIS ÉTUDIER ?
HEU, BEN... JE...
HÉ HÉ...
AAAAAAAH!!?
MMGNNBÉLÉMMGNGNGNMG
B...BERTHE !... T...T...TU NE VAS PAS ME CROIRE ! ELLE... ELLE A RAMENÉ UN CADAVRE ENTIER !
JUSTE CIEL !
CETTE FOIS, C'EN EST TROP ! ILS VONT M'ENTENDRE !
QU... QU... QU'EST-CE QUE TU COMPTES FAIRE ?
LE RAMENER D'OÙ IL VIENT !!
OÙ ÇA ? OÙ ÇA ?
JULIO ! NOOON ! JE T'EN SUPPLIE ! S'IL APPRENAIT, IL NE ME LE PARDONNERAIT JAMAIS !
NE T'EN FAIS PAS ! DEMAIN, À LA PREMIÈRE HEURE JE TE SORTIRAI DE LÀ !
MAIS OÙ VEUT-IL M'EMMENER ? OÙ ?!!
À LA MORGUE !
HEEEEELP

MAIS... PAPA...
SUFFIT, NATHALIE ! CETTE FOIS, ILS ONT ÉTÉ TROP LOIN !
J'AIME MIEUX AVOIR UNE FILLE BIEN ÉQUILIBRÉE ET CHÔMEUSE QU'UNE FILLE INFIRMIÈRE COMPLÈTEMENT ZINZIN !...
HOPITAL
JE VOUDRAIS DIRE DEUX MOTS AU PROFESSEUR GILOT !
À CETTE HEURE ? MAIS IL N'EST PAS LÀ ! QU'EST-CE QUE VOUS LUI VOULEZ ?
LUI RENDRE ÇA !
BAAM
?!
ET VOUS LUI DIREZ QUE DÉSORMAIS JE NE TOLÉRERAI PAS PLUS DE 500 GRAMMES DE DEVOIRS À DOMICILE ! JE VOUS SALUE, MOSSIEUR !
IL EST TOUT À FAIT FOU, CE TYPE !
ME RAPPORTER UN CADAVRE COMME ÇA EN PLEINE NUIT ! ON AURA TOUT VU !...
MORGUE
ET QU'EST-CE QU'IL VEUT QUE J'EN FASSE ?
TIRERAI ÇA AU CLAIR, DEMAIN !
NON MAIS...
UE

CREEEEP
CLAC CLAC CLAC CLAC
CLAC CLAC CLAC
LE LENDEMAIN MATIN...
UN CADAVRE? CETTE NUIT? BIEN SÛR QU'ON M'EN A AMENÉ UN! UN OLIBRIUS FOU FURIEUX! JE N'AI PAS COMPRIS UN MOT DE CE QU'IL DISAIT! SUIVEZ-MOI, JE VAIS VOUS Y CONDUIRE...
EH! OH!? TIENS? IL A DISPARU!... À MON AVIS, ILS SONT VENUS LE CHERCHER POUR LE DISSÉQUER!...
MON DIEU! MON DIEU MON DIEU! MON DIEU MON DIEU MON DIEU...
VOUS ÊTES TRÈS EN RETARD, MADEMOISELLE BONNET! NOUS EN AVIONS PRESQUE TERMINÉ! APPROCHEZ! JE VAIS VOUS DONNER L'ORGANE QUE VOUS AUREZ À ÉTUDIER CE SOIR CHEZ VOUS!
JULIO! TU M'EN VEUX, DIS? JULIO, TU M'ENTENDS?! DIS-MOI QUE TU M'ENTENDS! OU ALORS FAIS-MOI UN SIGNE! UN PETIT SIGNE! JULIO!!...
OCTAVE! QU'EST-CE QU'ELLE A? POURQUOI DISCUTE-T-ELLE DEPUIS DES HEURES AVEC CETTE OREILLE?
JE TE L'AVAIS DIT BERTHE, QU'ILS AURAIENT FINI PAR LA RENDRE FOLLE!
FIN
5

Laser show

ALORS, C'EST VRAI ! ON NE M'ENDORT PAS ?
MAIS NON ! FINI LE BISTOURI ! VIVE LE LASER ! C'EST TOUT À FAIT INDOLORE. VOUS NE LE SENTIREZ MÊME PAS !
J'INDIQUE SIMPLEMENT LE TRACÉ !
ET LE RAYON LASER FAIT LE RESTE ! NE BOUGEONS PLUS !
BZZZZZ
ET VOILÀ !
TCHAK
KRÄÄÄK
CE N'EST PAS ENCORE TOUT À FAIT AU POINT, CES MACHINS LÀ !
BOM
AH, C'EST MALIN !! ET MAINTENANT QU'EST-CE QUE JE VAIS FAIRE, HEIN ?! QU'EST-CE QUE JE VAIS DEVENIR ? MA VIE EST FICHUE...
CLAP CLAP CLAP CLAP CLAP CLAP CLAP CLAP CLAP
ET MOI JE VOUS DIS QU'IL Y A UN TRUC !
ET MOI JE PUIS VOUS AFFIRMER QU'IL N'Y EN A PAS ! CROYEZ-MOI ! JE SUIS TRÈS BIEN PLACÉ POUR LE SAVOIR, CHÉRIE !

Faut que ça craque...

NOTEZ QUE ÇA TIRE UN PEU ICI...
C'EST NORMAL ! C'EST COMME UN NOUVEAU COSTUME ! IL FAUT QUE ÇA SE DONNE UN PEU...
ET LÀ...
ET AUSSI LÀ.
AU REVOIR !
C'EST ÇA ! AU REVOIR, ET N'OUBLIEZ PAS ! AU MOINDRE PROBLÈME, REVENEZ NOUS VOIR !...
SALUT, ALBERT !
?
VOUS DÉSIREZ, MONSIEUR ?...
ALBERT ! TU NE ME RECONNAIS PAS ? C'EST MOI ! ROBERT !
ROBEEERT ! SACRÉ NOM DE... MAIS ! QU'EST-CE QUI T'EST ARRIVÉ ? COMMENT TU AS FAIT POUR REDEVENIR UN ÊTRE HUMAIN ?!
UN RÉGIME CANON ET UN PEU DE CHIRURGIE ESTHÉTIQUE !
UN TRUC COMME ÇA, ÇA S'ARROSE ! QU'EST-CE QUE JE T'OFFRE ?
UN COGNAC !
À TA SANTÉ, BELMONDO ! HAHAHAHAHAHA !...
SANTÉ !
CLINK
KRÄÄÄK
?!
EEEH ! MAIS QU'EST-CE QUE C'ÉTAIT ? QU'EST-CE QUI A CRAQUÉ COMME ÇA ?...
ROBERT !

BAH ! CE N'EST QUE LA PEAU DU COUDE QUI N'A PAS TENU ! NE VOUS INQUIÉTEZ PAS ! ON VA VOUS ARRANGER ÇA !...
MADELEINE ! ALLEZ À LA BANQUE ME CHERCHER QUELQUES CENTIMÈTRES DE PEAU BLANCHE
IL N'Y A PLUS DE PEAU BLANCHE, DOCTEUR !
COMMENT CELA ! PLUS DE PEAU BLANCHE !? VOUS AVEZ ÉTÉ EN DÉPOSER PLUS DE 15M² IL Y A MOINS D'UNE HEURE !!...
LA DEMANDE EST TRÈS FORTE !
AH ! QU'EST-CE QUI RESTE ?
DES NOIRES DES JAUNES, DES ROUGES, DES BLEUES...
DES BLEUES !?
UN TOUAREG QUI A SUIVI UN RÉGIME ! VA POUR LA BLEUE ! ON CROIRA QUE VOUS AVEZ EU UNE ECCHYMOSE, VOILÀ TOUT !
ET JE FERAI L'AUTRE EN MÊME TEMPS ! J'ADORE LA SYMÉTRIE !
EH BEN, ROBERT !? OÙ ÉTAIS-TU PASSÉ ? POURQUOI ES-TU PARTI SI VITE ?
SERS-MOI UN COGNAC ! JE VAIS TE RACONTER ...
T'EN TIRES UNE TÊTE ! ASSIEDS-TOI, J'ARRIVE !
KLINK
TINK
KRAAAAAÄÄÄ
ET VOIL... ?!! ROBERT ?
MMH ! C'EST LA PEAU DES FESSES QUI A CRAQUÉ ... PAS DE PANIQUE ! ON VA VOUS ARRANGER ÇA ! QU'EST-CE QUI RESTE COMME PEAU, MADELEINE ?...
EUHHH... DE LA JAUNE, DOCTEUR !
3 36

VOUS N'ALLEZ PAS ME CROIRE, MAIS FIGUREZ-VOUS QUE C'EST UN CHINOIS QUI A SUIVI UN RÉGIME, ET...
JE M'EN DOUTAIS, DOCTEUR...
ROBERT ! AVOUE-LE ! IL Y A QUELQUE CHOSE QUI NE VA PAS ! PAROLE, TU ES TOUT PÂLE !
ALBERT, TU AS DEVANT TOI UN HOMME AVEC DES FESSES DE CANARI !
OUAAAAHA !!! HAHAHA !!
MAIS C'EST VRAI, ALBERT ! C'EST...
HAA...
KRAAAK KRAAATCH
?!
?!
TIENS !... BIZARRE... LES JOUES NON PLUS N'ONT PAS TENU ! MADELEINE !
J'Y VAIS, DOCTEUR !
FIGUREZ-VOUS QUE C'EST UN GABONAIS QUI...
...A SUIVI UN RÉGIME ! MERCI, DOCTEUR, JE SAIS ...

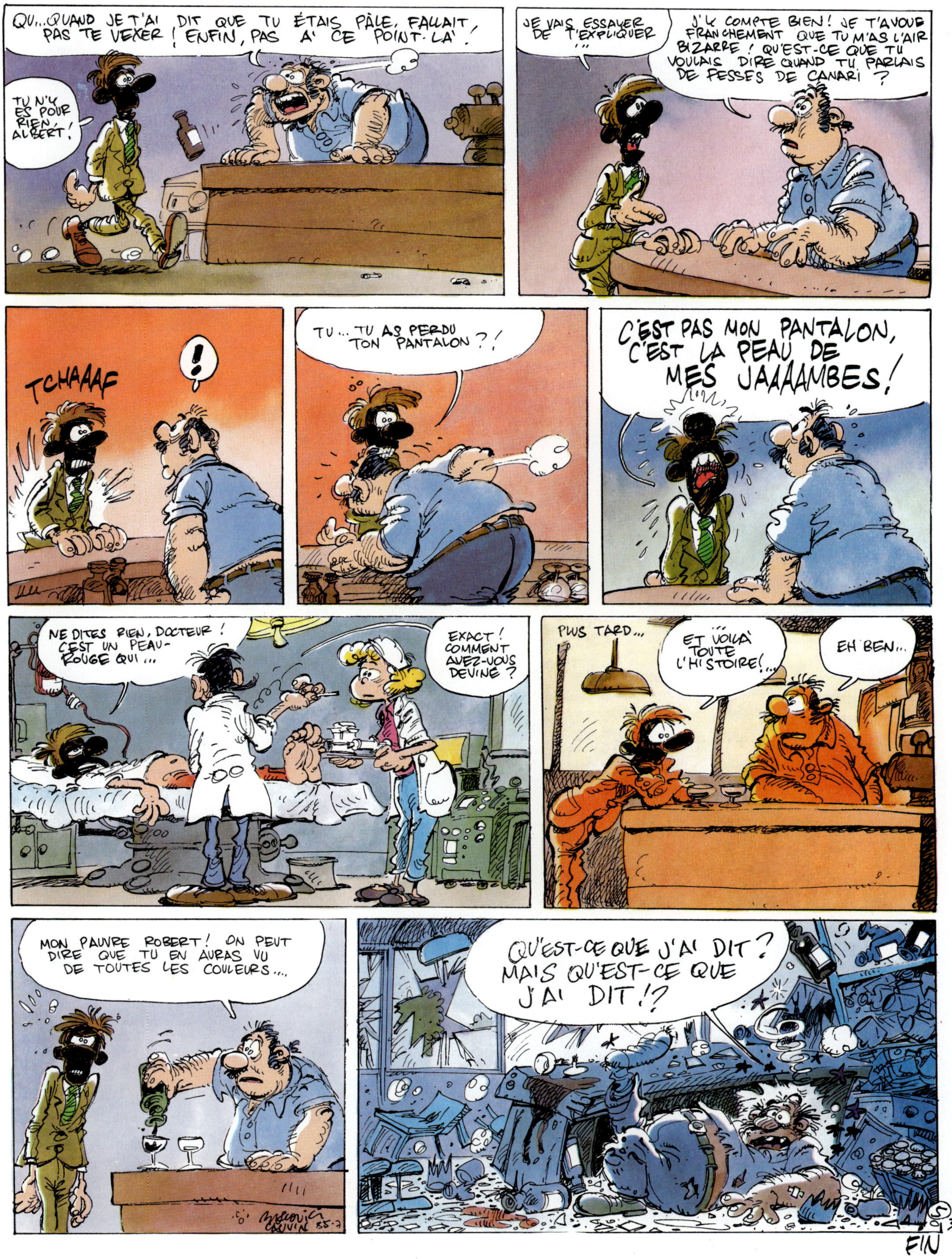

QU... QUAND JE T'AI DIT QUE TU ÉTAIS PÂLE, FALLAIT PAS TE VEXER ! ENFIN, PAS À CE POINT-LÀ !
TU N'Y ES POUR RIEN, ALBERT !
JE VAIS ESSAYER DE T'EXPLIQUER ...
J'Y COMPTE BIEN ! JE T'AVOUE FRANCHEMENT QUE TU M'AS L'AIR BIZARRE ! QU'EST-CE QUE TU VOULAIS DIRE QUAND TU PARLAIS DE FESSES DE CANARI ?
TCHAAAF
!
TU... TU AS PERDU TON PANTALON ?!
C'EST PAS MON PANTALON, C'EST LA PEAU DE MES JAAAAMBES !
NE DITES RIEN, DOCTEUR ! C'EST UN PEAU-ROUGE QUI ...
EXACT ! COMMENT AVEZ-VOUS DEVINÉ ?
PLUS TARD...
ET VOILÀ TOUTE L'HISTOIRE !...
EH BEN...
MON PAUVRE ROBERT ! ON PEUT DIRE QUE TU EN AURAS VU DE TOUTES LES COULEURS ....
QU'EST-CE QUE J'AI DIT ? MAIS QU'EST-CE QUE J'AI DIT !?
FIN

Ne bougeons plus...

Virus

DITES 33...
TREN... T... TROAAAA...
PARFAIT ! VOUS POUVEZ VOUS RHAB... EUH JE VEUX DIRE...
C'EST GRAVE, DOCTEUR ?
PLONK
QUELQUES POINTS BLANCS AU FOND DE LA GORGE...
UNE ANGINE ?
NON ! UN VIRUS !
UN VIRUS ! MAIS... COMMENT AI-JE PU ATTRAPER UN VIRUS ?
PAR CONTACT, MADEMOISELLE. VOUS AVEZ EMBRASSÉ QUELQU'UN QUI AVAIT CE VIRUS, IL VOUS L'A REFILÉ...
GLP...
CE N'EST PAS GRAVE ! JE VAIS VOUS DONNER UN BON MÉDICAMENT ET DANS QUELQUES JOURS, IL N'Y PARAÎTRA PLUS !
EH BIEN, MERCI...
AH ! ENCORE UNE CHOSE ! IL VAUDRAIT MIEUX QUE VOTRE... EUH FIANCÉ LE PRENNE AUSSI ! IL FAUT SOIGNER LE MAL À LA RACINE !
EH BIEN, MERCI !
PATRICIA !
OUI, M'MAN !
TU TOMBES BIEN ! BERNARD EST DANS LE SALON AVEC TON PÈRE ! IL T'ATTEND DEPUIS UNE HEURE, LE PAUVRE GARÇON !

CHÉRIE ! ENFIN !
MMMM ?!
?
IL Y A QUELQUE CHOSE QUI NE VA PAS ?
EUH... J'AI SOUDAIN ENVIE DE VIVRE À LA FAÇON DES PAPOUS !
LES PAPOUS ? QU'EST-CE QU'ILS FONT, LES PAPOUS ?!
!
POUR MONTRER LEUR AFFECTION, ILS SE FROTTENT LE NEZ L'UN CONTRE L'AUTRE ...
C'EST PLUS BEAU ET PLUS HYGIÉNIQUE... TU NE TROUVES PAS ?!
EH ! CHOU ! QU'EST-CE QU'ELLE A, TA FILLE ? ELLE NE VA PAS BIEN ? ELLE VEUT DEVENIR UNE PAPOUE !
UNE... UNE QUOI ?!
JE VEUX DEVENIR UNE PAPOUE ! JE VEUX DEVENIR UNE PAPOUE !!
ALLONS, PATRICIA ! SOIS SÉRIEUSE ! ON NE FAIT PAS TOUT CE QU'ON VEUT DANS LA VIE ! REGARDE-MOI ! JE VOULAIS ENTRER AU CARMEL, MAIS TON PÈRE A REFUSÉ !
TU NE VAS PAS OBLIGER CE PAUVRE GARÇON À COURIR TOUT NU AVEC UN OS DANS LE NEZ POUR TE FAIRE PLAISIR, TOUT DE MÊME !
TU NE L'AIMES PLUS ?
MAIS SI, JE L'AIME ! SEULEMENT IL A... IL A...
IL A QUOI ?!
OUI ! QU'EST-CE QUE J'AI ?

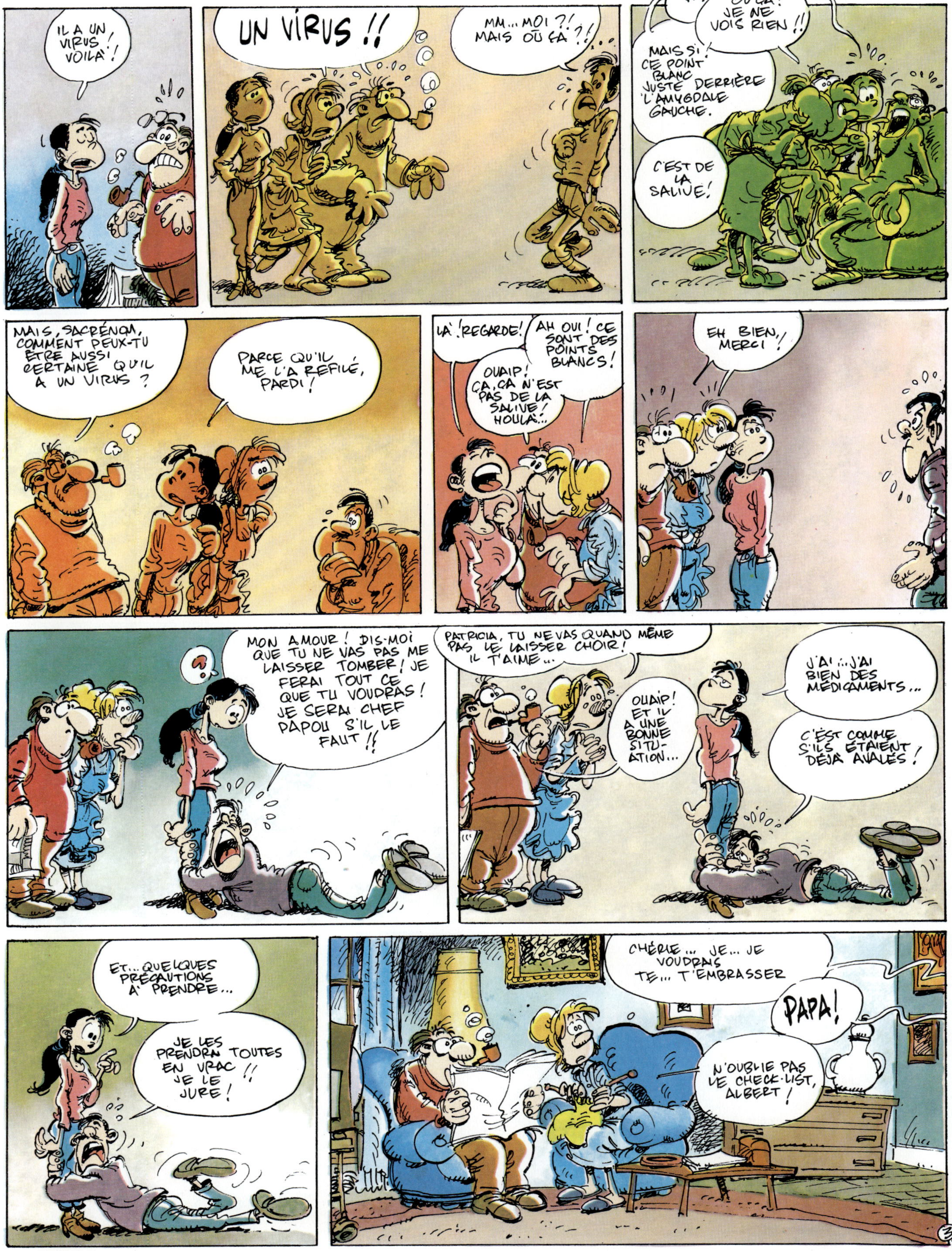
IL A UN VIRUS, VOILÀ!
UN VIRUS !!
MM... MOI ?! MAIS OÙ ÇA ?!
ÇA!
OÙ ÇA? JE NE VOIS RIEN !!
MAIS SI! CE POINT BLANC JUSTE DERRIÈRE L'AMYGDALE GAUCHE.
C'EST DE LA SALIVE!
MAIS, SACRÉNOM, COMMENT PEUX-TU ÊTRE AUSSI CERTAINE QU'IL A UN VIRUS ?
PARCE QU'IL ME L'A REFILÉ, PARDI!
LÀ! REGARDE!
AH OUI! CE SONT DES POINTS BLANCS!
OUAIP! ÇA, ÇA N'EST PAS DE LA SALIVE! HOULÀ...
EH BIEN, MERCI!
MON AMOUR! DIS-MOI QUE TU NE VAS PAS ME LAISSER TOMBER! JE FERAI TOUT CE QUE TU VOUDRAS! JE SERAI CHEF PAPOU S'IL LE FAUT!!
PATRICIA, TU NE VAS QUAND MÊME PAS LE LAISSER CHOIR! IL T'AIME...
OUAIP! ET IL A UNE BONNE SITU-ATION...
J'AI... J'AI BIEN DES MÉDICAMENTS...
C'EST COMME S'ILS ÉTAIENT DÉJÀ AVALÉS!
ET... QUELQUES PRÉCAUTIONS À PRENDRE...
JE LES PRENDRAI TOUTES EN VRAC!! JE LE JURE!
CHÉRIE... JE... JE VOUDRAIS TE... T'EMBRASSER
PAPA!
N'OUBLIE PAS LE CHECK-LIST, ALBERT!

AVALER GÉLULE...
BROSSAGE DES DENTS...
FRTCH FRTCH FRTCH FRTCH
VAPORISATEUR...
PCHHH
PCHHHH
VÉRIFICATION...
BROTHERS
PARFAIT, PAPA.
OK! VOUS POUVEZ Y ALLER !!!
VRAI! ON PEUT !?
KSSSSSSSS
TIC TIC TIC
STOP!
SSSSSSMAK
N'EMPÊCHE...
ON NE M'ÔTERA PAS DE L'IDÉE QUE C'ÉTAIT QUAND MÊME PLUS SENTIMENTAL AVANT!
CHÉRIE....
PAPA!
EH BIEN, MERCI!
4
37
MARCOVICI & CAUVIN 8.85

BLOC
OPÉRATOIRE
SPIROU
À L'HÔPITAL,
TOUT LE MONDE LIT
SPIROU!

PRINTED IN BELGIUM BY
proost
INTERNATIONAL BOOK PRODUCTION